Collection folio cadet

TF

Pour Ophélia et Lucy

Supplément réalisé avec la collaboration de
Dominique Boutel, Nadia Jarry,
Marie-Hélène Larre, Anne Panzani,
Christian Biet, Jean-Paul Brighelli
et Jean-Luc Rispail

traduit par Marie-Raymond Farré

ISBN: 2-07-031185-6
Titre original: The Magic Finger
© Roal Dahl, 1966, pour le texte
© Editions Gallimard, 1979, pour la traduction et les illustrations
© Editions Gallimard, 1989, pour la présente édition
Numéro d'édition: 52194
Premier dépôt légal: Octobre 1983
Dépôt légal: Avril 1991
Imprimé en Italie par la Editoriale Libraria

Le doigt magique

ROALD DAHL

ILLUSTRÉ PAR HENRI GALERON

GALLIMARD

Monsieur et Madame Cassard habitent la ferme à côté de la nôtre. Les Cassard ont deux enfants, deux garçons. Ils s'appellent Bernard et Richard. Quelquefois, je vais chez eux pour jouer.

Je suis une fille et j'ai huit ans.

Bernard aussi a huit ans.

Richard a trois ans de plus. Il a dix ans.

Quoi ?

Ah ! non, c'est vrai.

Il a onze ans.

La semaine dernière, il est arrivé quelque chose de très drôle à la famille Cassard. Je vais essayer de vous le raconter de mon mieux.

En ce temps-là, Monsieur Cassard et ses deux garçons aimaient par-dessus tout aller à la chasse. Tous les samedis matin, ils prenaient leurs fusils et partaient dans les bois tirer sur des animaux et des oiseaux.

Même Bernard, qui n'a que huit ans, avait un fusil à lui.

Je déteste la chasse. Ah ! qu'est-ce que je la déteste ! Pour moi, c'est injuste que des hommes et des garçons tuent des animaux rien que pour s'amuser. J'essayais donc d'empêcher Bernard et Richard de chasser. Chaque fois que j'allais à la ferme, je faisais de mon mieux pour les convaincre, mais ils se moquaient simplement de moi.

Une fois, j'en parlai même un peu à Monsieur Cassard, mais il passa près de moi comme si je n'existais pas.

Puis un samedi matin, je vis Bernard et Richard sortir des bois avec leur père. Ils ramenaient un adorable petit daim.

Cela me rendit tellement furieuse que je me mis à leur crier après.

Les garçons rirent et me firent des grimaces. Monsieur Cassard me dit de rentrer chez moi et de me mêler de mes affaires.

Ça, ce fut le bouquet !

Je vis rouge.

Et sans réfléchir, je fis quelque chose que j'avais décidé de ne plus jamais faire.

JE POINTAI LE DOIGT MAGI-
QUE SUR EUX !

Oh ! la la ! Même Madame Cassard,
qui n'était pas là, fut ensorcelée. J'avais
pointé le Doigt Magique sur toute la
famille Cassard.

Pendant des mois, je m'étais dit que je
n'utiliserais plus le Doigt Magique sur
quelqu'un, après ce qui était arrivé à
mon professeur, la vieille Madame
Rivière.

Un jour, nous étions en classe et elle
nous apprenait l'orthographe.

« Lève-toi, me dit-elle, et épelle le mot chat.

— C'est facile, dis-je. C-H-A.

— Tu es une stupide petite fille ! dit Madame Rivière.

— Je ne suis pas une stupide petite fille ! m'écriai-je. Je suis une très mignonne petite fille !

— Au coin ! » dit Madame Rivière.

Alors, je me mis en colère, je vis rouge et presque aussitôt, je pointai énergiquement le Doigt Magique sur Madame Rivière.

Vous devinez la suite ?

Des moustaches se mirent à pousser sur son visage. C'était de longues moustaches noires, exactement comme celles d'un chat, mais beaucoup plus grandes. Et qu'est-ce qu'elles poussaient vite ! En un clin d'œil, elles lui arrivèrent jusqu'aux oreilles !

Évidemment, comme toute la classe se mit à hurler de rire, Madame Rivière demanda :

« Vous voulez bien me dire ce que vous trouvez de si amusant ? »

Et lorsqu'elle se retourna pour écrire

quelque chose au tableau, nous vîmes qu'une *queue* lui avait également poussé ! Une énorme queue touffue !

Je ne vais pas commencer à vous raconter la suite, mais si l'un de vous me demande si Madame Rivière est redevenue normale, la réponse est NON. Elle ne le sera jamais plus.

Depuis toujours, je sais me servir du Doigt Magique.

Je ne peux pas vous dire comment j'y arrive, parce que je ne le sais pas moi-même.

Mais cela arrive toujours quand je me mets en colère et que je vois rouge...

Alors, je me mets à bouillir, à bouillir...

Puis le bout de l'index de ma main droite commence à me picoter furieusement...

Et soudain, une sorte d'éclair jaillit en moi, un éclair rapide, quelque chose d'électrique.

Il jaillit et touche la personne qui m'a fait enrager.

Et après cela, le Doigt Magique est sur lui ou sur elle, et il se passe des trucs.

Eh bien ! le Doigt Magique était à présent sur la famille Cassard tout entière et il n'y avait pas moyen d'y échapper.

Je courus chez moi et j'attendis que les trucs commencent.

Ils arrivèrent vite.

Ces trucs, je vais vous les raconter. Bernard et Richard m'ont tout dit, le lendemain matin, quand cela s'est terminé.

L'après-midi du jour où j'avais pointé le Doigt Magique sur la famille

Cassard, Monsieur Cassard, Bernard et Richard repartirent à la chasse. Cette fois-ci, ils poursuivirent des canards sauvages, aussi ils prirent le chemin du lac.

La première heure, ils tuèrent dix oiseaux.

L'heure suivante, six de plus.

« Quelle journée ! s'écria Monsieur Cassard. La meilleure de ma vie de chasseur ! »

Il était fou de joie.

A ce moment-là, quatre autres canards sauvages volèrent au-dessus d'eux. Ils volaient très bas. C'était facile de les atteindre.

PAN ! PAN ! PAN ! PAN ! firent les fusils.

Les canards continuèrent à voler.

« Raté ! dit Monsieur Cassard. Ça, c'est drôle ! »

Alors, à la surprise de tous, les quatre canards firent demi-tour et volèrent droit sur les fusils.

« Hé ! dit Monsieur Cassard. Qu'est-ce qu'ils fabriquent ? Cette fois, vraiment, ils le cherchent ! »

Il leur tira encore dessus. Les garçons aussi. Et à nouveau, raté !

La figure de Monsieur Cassard devint cramoisie.

« C'est la lumière, dit-il, la nuit tombe, on ne voit pas bien. Rentrons à la maison. »

Et ils rebroussèrent chemin, en emportant les seize oiseaux qu'ils avaient tués avant.

Mais les quatre canards ne semblaient pas vouloir les laisser tranquilles. Ils commencèrent à voler en cercles autour des chasseurs qui s'éloignaient.

Monsieur Cassard n'apprécia pas du tout.

« Partez ! » cria-t-il.

Et il tira sur eux plusieurs fois... sans résultat. Impossible de les toucher. Sur le chemin du retour, les quatre canards tournèrent dans le ciel, au-dessus d'eux, et rien ne put les chasser.

Tard dans la nuit, après que Bernard et Richard furent allés au lit, Monsieur Cassard sortit chercher du bois pour le feu.

Il traversait la cour quand, soudain, il entendit le cri d'un canard sauvage dans le ciel.

Il s'arrêta et leva les yeux. La nuit était très calme. Il y avait une mince lune jaune par-dessus les arbres, sur la colline, et le ciel était rempli d'étoiles. Monsieur Cassard entendit alors un bruit d'ailes, très bas, au-dessus de sa tête, et il aperçut les quatre canards, noirs dans le ciel noir. Ils tournoyaient en vol serré autour de la maison.

Monsieur Cassard oublia le bois et retourna précipitamment à l'intérieur de la maison. A présent, il était complè-tement terrifié. Ce qui se passait ne lui plaisait pas du tout. Mais il n'en parla pas à Madame Cassard.

Il lui dit seulement :

« Viens, allons au lit. Je suis fatigué. »

Et ils allèrent se coucher.

Au matin, Monsieur Cassard s'éveilla le premier.

Il était sur le point de tendre la main vers sa montre pour regarder l'heure, mais sa main ne semblait pas vouloir se tendre.

« Voilà qui est drôle, dit-il. Où est ma main ? »

Il restait immobile, se demandant ce qui se passait.

Se serait-il blessé cette main ?

Il essaya avec son autre main.

Elle non plus ne voulait pas se tendre.

Il se redressa.

Puis, pour la première fois, il vit à quoi il ressemblait.

Il poussa un cri et bondit hors du lit.

Madame Cassard s'éveilla. Lorsqu'elle aperçut Monsieur Cassard qui se tenait debout, sur le sol, elle poussa un cri, elle aussi.

Car maintenant, c'était un tout petit homme !

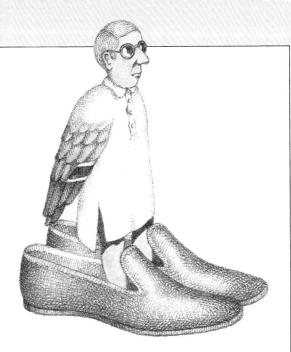

Il arrivait peut-être à la hauteur d'un siège de chaise, guère plus haut !

Et, à la place des bras, il avait deux ailes de canard !

« Mais... mais... mais..., s'exclama Madame Cassard dont la figure devint cramoisie. Que t'arrive-t-il, mon ami ?

— Tu veux dire qu'est-ce qui nous arrive à tous les deux ? » hurla Monsieur Cassard.

A son tour, Madame Cassard bondit hors du lit.

Elle courut se regarder dans la glace. Mais elle n'était pas assez grande pour se voir. Elle était encore plus petite que Monsieur Cassard et elle avait également des ailes à la place des bras.

« Oooh ! Oooh ! sanglota Madame Cassard.

— C'est de la sorcellerie ! » s'écria Monsieur Cassard.

Tous deux se mirent à courir autour de la pièce en battant des ailes.

Une minute plus tard, Bernard et Richard entrèrent en coup de vent. La même chose leur était arrivée. Ils avaient des ailes, et pas de bras. Ils étaient vraiment minuscules, à peu près comme des rouges-gorges.

« Maman ! Maman ! Maman ! pépia Bernard. Regarde, Maman ! Nous volons ! »

Et ils s'élevèrent en l'air.

« Redescendez tout de suite ! dit Madame Cassard. Vous êtes beaucoup trop haut ! »

Mais avant qu'elle ait pu dire autre chose, Bernard et Richard s'étaient envolés par la fenêtre.

Monsieur et Madame Cassard coururent vers la fenêtre et regardèrent au-dehors. Les deux minuscules garçons étaient maintenant tout là-haut dans le ciel.

Madame Cassard dit alors à son mari :

« Crois-tu que nous puissions en faire autant, mon chéri ?

— Pourquoi pas ? dit Monsieur Cassard. Viens, essayons. »

Monsieur Cassard se mit à battre énergiquement des ailes et, aussitôt, il s'envola.

Puis Madame Cassard fit de même.

« Au secours ! s'écria-t-elle tandis qu'elle s'élevait. A l'aide !

— Viens, dit Monsieur Cassard. N'aie pas peur. »

Et c'est ainsi qu'ils s'envolèrent par la fenêtre, montèrent tout là-haut dans le ciel et rattrapèrent vite Bernard et Richard.

Bientôt, toute la famille réunie volait en décrivant des cercles.

« Oh ! c'est formidable ! cria Richard. J'ai toujours rêvé de savoir comment ça fait d'être un oiseau !

— Tu n'as pas les ailes fatiguées, ma chérie ? demanda Monsieur Cassard à sa femme.

— Pas du tout, répondit Madame Cassard. Je pourrais continuer à voler toute ma vie !

— Hé ! Regardez en bas ! dit Bernard. Il y a quelqu'un dans notre jardin ! »

Tous regardèrent en bas. En dessous

d'eux, dans leur propre jardin, ils aper-
çurent quatre *énormes canards sauvages !* Ces canards étaient aussi grands
que des hommes et comme des
hommes, en plus, ils avaient de très
grands bras à la place des ailes.

Les canards marchaient à la queue
leu leu vers la porte de la maison des
Cassard, en balançant les bras et en
dressant les becs.

« Arrêtez ! cria le minuscule Monsieur Cassard, en piquant au-dessus de
leurs têtes. Filez ! c'est ma maison ! »

Les canards levèrent les yeux en fai-
sant coin-coin. Le premier étendit le
bras, ouvrit la porte de la maison et
entra. Les autres le suivirent. La porte
se ferma.

Les Cassard redescendirent et s'assi-
rent sur le mur, près de la porte.
Madame Cassard se mit à pleurer.

« Oh ! mon Dieu, mon Dieu !
sanglotait-elle. Ils ont pris notre maison. Qu'allons-nous faire ? Nous
n'avons plus d'endroit où aller ! »

Les garçons eux-mêmes se mirent à
verser quelques larmes.

« Les chats et les renards vont venir nous manger pendant la nuit ! dit Bernard.

— Je veux dormir dans mon lit ! dit Richard.

— Allons, allons, dit Monsieur Cassard. Ça ne sert à rien de pleurer. Ce n'est pas ça qui nous aidera. Vous voulez que je vous dise ce que nous allons faire ?

— Quoi ? »

Monsieur Cassard les regarda et sourit.

« Nous allons bâtir un nid.

— Un nid ! dirent-ils. Est-ce que nous y arriverons ?

— Nous devons bien, dit Monsieur Cassard. Il nous faut un endroit où coucher. Suivez-moi. »

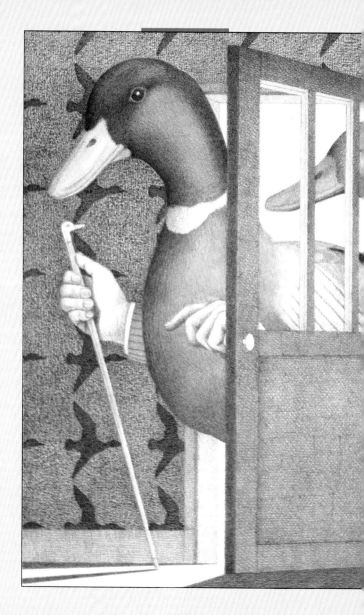

Ils volèrent jusqu'à un grand arbre et Monsieur Cassard choisit de bâtir le nid au sommet.

« Maintenant, il nous faut du bois, dit-il. Plein, plein de petit bois. Partez en chercher et ramenez-le ici.

— Mais nous n'avons pas de mains ! dit Bernard.

— Alors, servez-vous de vos bouches ! »

Madame Cassard et les enfants s'envolèrent. Bientôt, ils étaient de retour avec des brindilles à la bouche.

Monsieur Cassard les prit et se mit à bâtir le nid.

« Il en faut d'autres, dit-il. Plein, plein d'autres. Repartez en chercher. »

Le nid commença à grandir. Monsieur Cassard arrivait très bien à assembler les brindilles.

Au bout d'un moment, il dit :

« Il y a assez de petit bois. Maintenant, je veux des feuilles, des plumes et des trucs comme ça pour que l'intérieur soit bien douillet. »

Ils continuèrent à bâtir le nid. Cela prit longtemps. Mais à la fin, le nid était terminé.

« Essayez-le », dit Monsieur Cassard en se reculant d'un bond.

Il était ravi de son travail.

« Oh ! c'est charmant ! s'écria Madame Cassard en entrant et en s'asseyant. J'ai l'impression que je pourrais pondre un œuf d'un moment à l'autre ! »

Les autres la rejoignirent.

« Comme c'est chaud ! dit Richard.

— Qu'est-ce que c'est amusant de vivre si haut ! dit Bernard. Nous sommes petits, mais ici, personne ne peut nous faire de mal.

— Et la nourriture ? demanda Madame Cassard. Nous n'avons rien mangé de toute la journée.

— C'est vrai, dit Monsieur Cassard. Volons jusqu'à la maison, entrons par une fenêtre ouverte, et quand les canards ne regarderont pas, prenons la boîte à biscuits.

— Oh, mais ces vilains gros canards vont nous attaquer à coups de bec ! Ils vont nous réduire en miettes ! s'exclama Madame Cassard.

— Nous ferons très attention, mon amie », dit Monsieur Cassard.

Et ils partirent.

31

Mais lorsqu'ils atteignirent la maison, ils trouvèrent toutes les fenêtres et toutes les portes fermées. Pas moyen d'entrer.

« Regardez-moi cette horrible cane qui fait la cuisine sur mes fourneaux ! s'écria Madame Cassard en volant devant la fenêtre de la cuisine. Quel toupet !

— Et regardez celui-ci avec mon beau fusil ! hurla Monsieur Cassard.

— Il y en a un couché dans mon lit ! brailla Richard en regardant par la fenêtre du haut.

— Et il y en a un autre qui est en train de jouer avec mon train électrique ! cria Bernard.

— Oh ! mon Dieu, mon Dieu ! dit Madame Cassard. Ils ont pris toute la maison ! Nous ne pourrons plus jamais y revenir. Et qu'allons-nous manger ?

— Pas question de manger des vers, dit Bernard. Plutôt mourir.

— Ni des limaces », dit Richard.

Madame Cassard prit les deux garçons sous ses ailes et les serra contre elle.

« Ne vous inquiétez pas, dit-elle. Je

vous les mâcherai si menu que vous ne les sentirez même pas. De délicieuses bouillies de limaces. De délicieuses purées de vers.

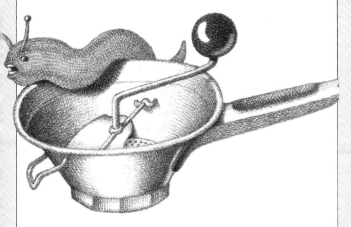

— Oh ! non ! s'écria Richard.

— Jamais ! dit Bernard.

— Répugnant ! dit Monsieur Cassard. Ce n'est pas parce que nous avons des ailes que nous devons manger comme des oiseaux. Mangeons plutôt des pommes. Il y en a plein sur nos arbres. Venez ! »

Et ils volèrent jusqu'à un pommier.

Ce n'est guère facile de manger une pomme quand on n'a pas de mains.

Chaque fois qu'on essaie d'y planter les dents, elle recule. A la fin, ils arrivèrent à prendre quelques petites bouchées. Et puis, la nuit tomba et ils retournèrent se coucher dans leur nid.

Ce fut à peu près à ce moment-là que, de chez moi, je pris le téléphone pour essayer d'appeler Bernard. Je voulais voir si la famille allait bien.

« Allô, dis-je.

— Coin-coin ! dit une voix au bout du fil.

— Qui est à l'appareil ? demandai-je.

— Coin-coin !

— Bernard, dis-je, c'est toi ?

— Coin-coin-coin-coin-coin !

— Oh ! ça suffit ! » dis-je.

Alors, j'entendis un drôle de bruit, comme un oiseau en train de rire.

Je raccrochai aussitôt.

« Oh ! ce Doigt Magique ! m'écriai-je. Qu'a-t-il fait à mes amis ? »

Cette nuit-là, tandis que Monsieur et Madame Cassard essayaient de dormir dans leur nid haut perché, un grand vent se mit à souffler. L'arbre se balançait et tout le monde, même Monsieur Cas-

sard, eut peur que le nid ne tombe. Puis il commença à pleuvoir. Il plut, il plut longtemps. L'eau inonda le nid, et tous furent trempés comme des soupes. Oh ! quelle nuit ! Quelle mauvaise nuit !

Enfin, arriva le matin chaud et ensoleillé.

« Eh bien, dit Madame Cassard, Dieu merci, c'est fini ! Je ne coucherai plus jamais dans un nid ! »

Elle se leva et regarda en bas.

« Au secours ! cria-t-elle. Regardez ! Regardez là !

— Qu'y a-t-il, mon amie ? » dit Monsieur Cassard.

Il se leva et jeta un coup d'œil.

La plus grande surprise de sa vie l'attendait !

A terre, au-dessous d'eux, il y avait les quatre énormes canards, grands comme des hommes. Trois d'entre eux tenaient des fusils. L'un avait le fusil de Monsieur Cassard, l'autre celui de Bernard et le dernier celui de Richard. Les fusils étaient tous pointés sur le nid.

« Non ! Non ! crièrent ensemble Monsieur et Madame Cassard. Ne tirez pas !

— Et pourquoi ? dit le canard qui n'avait pas de fusil. Vous tirez tout le temps sur nous !

— Oh ! mais ce n'est pas pareil ! dit Monsieur Cassard. Nous avons le droit de tirer sur les canards !

— Qui vous donne ce droit ? demanda le canard.

— Nous nous le donnons nous-mêmes, dit Monsieur Cassard.

— Charmant, dit le canard. Et maintenant, *nous* nous donnons nous-mêmes le droit de vous tirer dessus. »

(J'aurais adoré voir la tête que faisait Monsieur Cassard !)

« Oh, je vous en prie ! cria Monsieur Cassard. Nos deux petits garçons sont avec nous ! Vous n'allez pas tirer sur des enfants !

— Hier, vous avez tiré sur mes enfants, dit le canard. Vous avez tué six de mes enfants.

— Je ne le ferai jamais plus ! cria Monsieur Cassard. Jamais, jamais plus !

— Vous êtes vraiment sincère ? demanda le canard.

— Bien sûr que je suis sincère ! répondit Monsieur Cassard. Je ne tuerai plus de canard de ma vie !

— Ce n'est pas suffisant, dit le canard. Et pour les daims ?

— Je ferai tout ce que vous me direz si vous abaissez vos canons ! cria Monsieur Cassard. Je ne tirerai plus sur des canards, sur des daims ni sur rien d'autre !

— Vous me donnez votre parole ? dit le canard.

— Oui ! Oui ! dit Monsieur Cassard.

— Vous jetterez vos fusils ? demanda le canard.

— Je les réduirai en miettes ! dit Monsieur Cassard. Vous n'aurez jamais plus rien à craindre de moi ni de ma famille.

— Très bien, dit le canard. Vous pouvez descendre. Et par la même occasion, félicitations pour le nid. Ce n'est pas mal pour un coup d'essai. »

Monsieur et Madame Cassard, Bernard et Richard sautèrent du nid et redescendirent en voletant.

Alors, soudain, le noir complet. Ils ne virent plus rien. Une drôle d'impression les envahit et ils entendirent un grand vent leur souffler aux oreilles. Puis le noir qui les entourait vira au bleu, au vert, au rouge, puis au doré, et tout à coup, ils se retrouvèrent dans leur jardin près de leur maison sous un beau soleil éclatant. Tout était redevenu normal.

« Nos ailes ont disparu ! s'écria Monsieur Cassard. Et nous avons retrouvé nos bras !

— Et nous ne sommes plus minuscules ! dit Madame Cassard. Oh, comme je suis contente ! »

Bernard et Richard se mirent à gambader de joie.

Puis, au-dessus de leurs têtes, ils entendirent le cri d'un canard sauvage. Tous levèrent les yeux et virent les quatre magnifiques oiseaux se détacher sur le ciel bleu. Ils retournaient en vol serré vers le lac au milieu des bois.

Environ une demi-heure plus tard, j'entrai dans le jardin des Cassard. J'étais venue voir comment les choses se déroulaient et je dois reconnaître que je

m'attendais à pire. Devant la porte, je m'arrêtai et regardai dans la cour. Quel étrange spectacle !

Dans un coin, Monsieur Cassard était en train de réduire en miettes les trois fusils avec un énorme marteau.

Dans un autre coin, Madame Cassard posait de jolies fleurs sur seize petits monticules de terre. C'était, je l'appris plus tard, les tombes des canards tués la veille.

Au milieu, il y avait Bernard et Richard, et à côté d'eux, un sac d'orge, la meilleure qu'avait leur père.

Ils étaient entourés de canards, de colombes, de pigeons, de moineaux, de rouges-gorges, d'alouettes et de toutes sortes d'oiseaux que je ne connaissais pas. Les oiseaux picoraient l'orge que les garçons éparpillaient par poignées.

« Bonjour, Monsieur Cassard », dis-je.

Monsieur Cassard abaissa son marteau et me regarda.

« Je ne m'appelle plus Cassard, dit-il. En l'honneur de mes amis à plumes, j'ai changé Cassard en Canard.

— Et je suis Madame Canard, dit Madame Cassard.

— Que s'est-il passé ? » demandai-je.

Ils semblaient être devenus complètement zinzins, tous les quatre.

Alors, Bernard et Richard commencèrent à me raconter toute l'histoire. Richard dit :

« Regarde ! Voici le nid ! Tu arrives à le voir ? Tout là-haut, au sommet de l'arbre ! C'est là qu'on a couché hier soir !

— Je l'ai bâti entièrement moi-même, dit fièrement Monsieur Canard. Brindille par brindille.

— Si tu ne nous crois pas, dit Madame Canard, entre dans la maison

et jette un coup d'œil dans la salle de bains. C'est la pagaille.

— Ils ont rempli la baignoire à ras bord, dit Bernard. Ils ont dû nager toute la nuit ! Et il y a des plumes partout !

— Les canards aiment l'eau, dit Monsieur Canard. Je suis content qu'ils se soient bien amusés. »

A ce moment-là, quelque part près du lac, on entendit un formidable PAN !

« Un coup de fusil ! m'écriai-je.

— Ça doit être Gaston Biros, dit Monsieur Canard. Lui et ses trois garçons. Ils sont féroces, ces Biros ! »

Soudain, je vis rouge.

Puis, je commençai à bouillir.

Ensuite, le bout de mon doigt se mit à me picoter furieusement. La force magique m'avait à nouveau envahie.

Je me retournai et courus à toute vitesse vers le lac.

« Hé ! hurla Monsieur Canard. Qu'y a-t-il ? Où vas-tu ?

— Voir les Biros, répondis-je.

— Mais pourquoi ?

— Vous allez voir ! dis-je. Cette nuit, il y en a qui vont dormir dans un nid ! »

FIN

"Les enfants s'ennuient vite, moi aussi." Inutile de dire que **Roald Dahl** n'oublie jamais cet excellent principe. *Fantastique Maître Renard, Charlie et la chocolaterie, La potion magique de Georges Bouillon, Les deux gredins, Le bon gros géant...* en sont la preuve. Roald Dahl, ce géant plein d'humour qui parfois choque les adultes, mais comprend les enfants, est né au pays de Galles en 1916 et *Le doigt magique* est le premier texte qu'il a écrit. Pilote de la Royal Air Force pendant la Seconde Guerre mondiale, Roald Dahl est aujourd'hui écrivain à part entière. Il vit en Angleterre au milieu de ses enfants et petits-enfants et il continue d'écrire tous ses livres dans une vieille cabane au fond de son jardin, comme il le faisait déjà avant d'avoir des millions de lecteurs.

Henri Galeron aime beaucoup la pêche à la ligne, les chats, les jouets mécaniques et le dessin. Né dans un village provençal, il étudie les beaux-arts à Marseille. Son premier livre pour enfants est paru en 1973. Depuis, il n'a cessé de créer des images pour enfants : *Voyage au pays des arbres*, *La pêche à la baleine*…

Le doigt magique

Supplément illustré

Test

Es-tu un ami de la nature ? Pour le savoir, choisis pour chaque question la solution que tu préfères. *(Réponses page 62.)*

1 Lors d'une promenade en forêt, tu aperçois des champignons

● tu passes devant en les ignorant

■ tu t'approches de plus près pour voir s'ils sont comestibles

▲ tu les observes et tu consultes ton guide

2 En montant sur un arbre une branche se casse

▲ tu es ennuyé, car tu étais juste monté pour regarder les oiseaux

■ cela tombe bien, tu voulais fabriquer un arc

● ce n'est pas grave, l'arbre n'a pas qu'une seule branche

3 Tu joues dans un parc avec des amis

● tu cours derrière le ballon, peu importe où il atterrit

▲ tu évites les parterres de fleurs

■ tu cueilles des fleurs pour faire un beau bouquet

4 Lorsque tu passes tes vacances au bord de la mer

● tu adores naviguer à proximité des côtes en bateau à moteur

▲ tu aimes te lever à l'aube et te promener sur la plage déserte pour regarder les oiseaux et les crabes qui courent sur le sable

■ tu aimes nager, faire du bateau à voile, ou au moteur, l'important c'est de s'amuser

5 Tu rencontres un animal blessé à la campagne

▲ tu l'emportes chez toi pour le soigner

● tu passes ta route

■ tu le déplaces car il est sur ton passage, la nature fera son travail

6 Pendant une journée à la montagne

▲ tu marches tout doucement en silence, afin d'observer les animaux

■ tu fais du bruit, c'est drôle de voir les animaux courir ou s'envoler

● tu cries pour entendre l'écho de ta voix

7 Une colonie de fourmis se promène près de toi

● tu fais couler de l'eau sur leur chemin pour voir si elles savent nager

▲ tu observes leur activité et cherches où se trouve la reine

■ tu poursuis ta route: elles sont trop petites pour toi

Canards sauvages... ▬▬▬▬▬▬▬▬▬

Il était une fois des canards sauvages qui sont aussi appellés des *colverts*. On en rencontre souvent en Europe.
Le colvert ressemble beaucoup à son cousin le canard domestique, il est simplement de taille plus élancée et d'allure plus légère, sans doute parce qu'il est plus sportif ! Il mesure entre cinquante et soixante centimètres et pèse environ un kilo.

L'origine de ce nom : ce nom de *colvert* lui a été donné car le mâle a un superbe plumage bleu-vert sur la tête et le cou agrémenté d'un collier blanc. Ses ailes ont des reflets gris-bleu. Ses pattes orange sont palmées, ce qui lui permet d'être aussi à l'aise dans l'eau que dans le ciel. La femelle n'est pas aussi élégante, elle est de couleur brune.

Le mode de vie : le colvert passe l'essentiel de sa journée sur l'eau. A la recherche de nourriture, il plonge la tête dans l'eau et fouille dans la vase afin de trouver des plantes aquatiques, des feuilles, des graines, des racines, des têtards, des larves, des insectes...

Les petits : c'est la cane qui construit le nid destiné à sa progéniture (8 à 15 œufs à chaque ponte, et elle pond 8 à 10 fois par an). Elle creuse un trou profond, le tapisse d'herbes sèches ainsi que de son propre duvet qu'elle arrache de son ventre. Ce duvet lui servira également pour cacher ses précieux œufs lorsqu'elle devra quitter son nid pour se nourrir. Le mâle, quant à lui, est posté non loin de là afin de prévenir la femelle en cas de danger.

L'éducation des petits : pendant deux mois la cane va donner une éducation attentive et très protectrice à ses canetons. Dès le jour de leur sortie de l'œuf, elle les mène à l'étang et leur apprend à se nourrir. Elle doit également les protéger contre les ennemis qui sont les rats, les loutres, les belettes et les rapaces de toutes sortes. Mais l'ennemi principal du colvert est l'homme car la chasse fait des ravages.

La migration : le canard, grâce à son plumage très lisse et huilé, ne craint pas le froid (d'où l'expression un froid de canard!). Son seul problème l'hiver : les eaux des étangs (son garde-manger) gèlent. On peut voir alors dans le ciel des bandes de canards sauvages qui partent pour des régions plus chaudes. Les canards sont donc des *oiseaux migrateurs*.

12	11	Recule de 2 cases	Avance de 5 cases	10

Sur la piste des chasseurs ▬▬▬

Règle du jeu :

Il te faut un dé et deux jetons. Deux personnages s'affrontent : *le canard* et *le doigt magique*. Tu lances le dé et tu avances du nombre de cases indiqué. Lorsque tu tombes sur une case où se trouve un chiffre : tu réponds à la question du même chiffre. Si tu réponds juste, tu rejoues une fois, si tu réponds faux, c'est l'autre personnage qui joue. Certaines cases ont le pouvoir de te faire aller plus vite, d'autres de te faire reculer. Le gagnant est le personnage qui arrive le premier à la cabane. Bonne chance ! *(Réponses pages 62 et 63)*

Questions

1. Quel jour les Cassard allaient-ils chasser ? **2.** Quel animal les Cassard ont-ils abattu avant leur transformation ?

3. Pourquoi la maîtresse a-t-elle été

Recule de 2 cases

13

Recule de 5 cases

14

Repos passe un tour

Arrivée Départ	1	Avance de 2 cases	2	3

Repos passe un tour	**9**	**8**	**Recule de 3 cases**

changée en chat? **4.** Dans quelles circonstances la petite fille utilise-t-elle son doigt magique? **5.** Que se passe-t-il quand M. Cassard tire sur les 4 canards sauvages ? **6.** Quelle excuse M.Cassard invoque-t-il après avoir raté les 4 canards? **7.** Quel est le seul avantage que les Cassard tirent de leur nouvelle apparence? **8.** Bernard a peur d'être mangé: par quels animaux? **9.** Que mangent les Cassard le soir de leurs ennuis ? **10.** Pourquoi les Cassard passent-ils une mauvaise nuit? **11.** Quelle est la raison qui décide les canards à laisser la vie sauve aux Cassard? **12.** M. Cassard a détruit son fusil, mais qu'a donc fait sa femme? **13.** Quel est le nouveau nom des Cassard? **14.** A la fin de l'histoire, quelle nourriture Bernard et Richard donnent-ils aux oiseaux?

7

6

Avance de 3 cases

Avance de 3 cases

Avance de 2 cases		**4**	**Recule de 4 cases**	**5**

Doigts croisés

Voici une grille de mots croisés, qui ont tous un rapport avec les doigts (magiques ou non) et avec la main. Sauras-tu les retrouver ?

1. Le plus petit des doigts
2. Le plus grand des doigts
3. Nom d'un doigt de pied
4. Le doigt qui montre
5. Le plus gros des doigts
6. Celui qui porte l'anneau
7. Petit os des doigts
8. Intérieur de la main

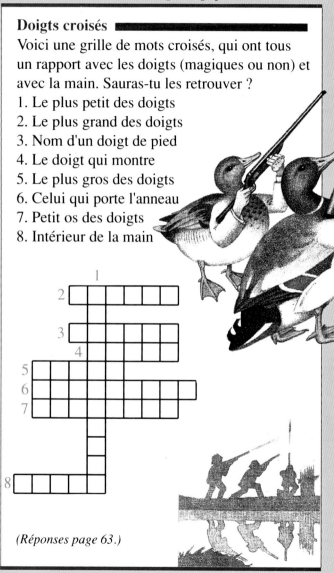

(Réponses page 63.)

Magie des nombres

Sais-tu que l'on peut faire de la magie avec des nombres ? Ce jeu extrêmement ancien vient de Chine. *(Réponses page 63.)*

2	9	4
7	5	3
6	1	8

Voici un vrai carré magique : si tu additionnes chaque rangée ou chaque colonne ou chaque diagonale, tu obtiens toujours le nombre 15.

A toi de jouer ! Remplis le carré magique en complétant les cases vides avec les chiffres suivants : 6, 9, 3, 1, 7. Attention, le résultat doit être égal à 15.

4		2
	5	
8		

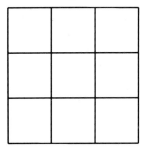

Tu es à présent un vrai magicien ! Voici une grille vide, à toi de la remplir entièrement avec les chiffres de 1 à 9. Abracadabra !!!

Au plaisir des mots

Voici quelques expressions où il est encore
question de doigts. Mais malheureusement les
mots de chaque phrase se sont mélangés.
Peux-tu les remettre dans le bon ordre ?

1. au l'œil et doigt à
2. index l'à mettre
3. le manger sur pouce
4. comme les unis doigts la de main
5. mon dit a l' me petit doigt
6. des fée avoir de doigts
7. se mettre l'œil dans le doigt

(Réponses page 63.)

Rébus

Grâce au rébus tu retrouveras la phrase que
prononce la petite fille :

(Réponses page 63.)

L'ordre des images

Peux-tu remettre chaque illustration dans son ordre d'apparition dans l'histoire ? Si tu réussis tu retrouveras le nom des nouveaux amis des Cassard. *(Réponses page 63.)*

Image : n° 1	2	3	4	5	6
Lettre : -	-	-	-	-	-

Les mains magiques
Regarde bien les dessins ci-dessous et place-toi près d'un mur qui est éclairé par une lampe ou par le soleil et essaie, toi aussi, de faire des ombres chinoises avec tes mains.

le faon

le cygne

le loup

l'éléphant

le chat

**Si tu as aimé "Le doigt magique",
voici d'autres histoires
de Roald Dahl**

dans la collection folio benjamin
L'énorme crocodile, illustré par Q. Blake

dans la collection folio cadet
Fantastique Maître Renard, illustré par T. Ross

dans la collection folio junior
La potion magique de Georges Bouillon
Charlie et la chocolaterie
Charlie et le grand ascenseur de verre
James et la grosse pêche
Sacrées sorcières
Escadrille 80
Moi, Boy
L'enfant qui parlait aux animaux
Le bon gros géant
Le cygne *suivi de* La merveilleuse histoire
de Henry Sugar
Matilda
Les deux gredins

RÉPONSES

pages 50 et 51

Compte les ●, les ▲ et les ■ que tu as obtenus:
- Si tu as plus de ▲, tu aimes la nature. Tu es attentif à tout ce qui se passe autour de toi dans la nature, tu soignes les plantes comme les animaux, quand tu en as l'occasion, c'est très bien.
- Si tu as plus ■, la nature fait partie de ta vie, et tu n'y attaches pas trop d'importance. Tu profites des espaces verts pour t'amuser, sans te préoccuper du reste. Tu devrais regarder les oiseaux et les plantes de plus près, car c'est passionnant.
- Si tu as plus de ●, la nature n'est pas ce que tu préfères. Tu peux aussi bien vivre dans une ville, cela t'est égal. Attention tout de même de ne pas abîmer la nature car nous en avons besoin pour vivre.

pages 54 et 55

Sur la piste des chasseurs :
1 Le samedi. 2 Un petit daim. 3 Parce qu'elle a envoyé la petite fille au coin. 4 Quand elle se met en colère. 5 Il les rate. 6 "La nuit tombe, on ne voit pas bien ". 7 Ils peuvent voler. 8 Les chats et les renards. 9 Des pommes. 10 Parce qu'il y a eu du vent et de la pluie. 11 Ils promettent de ne plus tuer aucun animal.

12 Elle a fleuri les tombes des seize canards tués la veille. 13 Canard. 14 De l'orge.

page 56

Doigts croisés : *1 Auriculaire. 2 Majeur. 3 Orteil. 4 Index. 5 Pouce. 6 Annulaire. 7 Phalange. 8 Paume.*

page 57

Magie des nombres

4	9	2
3	5	7
8	1	6

2	7	6
9	5	1
4	3	8

page 58

Au plaisir des mots : *1 Au doigt et à l'œil. 2 Mettre à l'index. 3 Manger sur le pouce. 4 Unis comme les doigts de la main. 5 Mon petit doigt me l'a dit. 6 Avoir des doigts de fée. 7 Se mettre le doigt dans l'œil.*

Rébus : *Je pointai le doigt magique sur eux*

page 59

L'ordre des images : *1 C. 2 A . 3 N. 4 A. 5 R. 6 D. Le nom des nouveaux amis est : Canard.*

Titres à nouveau disponibles et nouveautés de la collection folio cadet

série bleue ▰▰▰▰▰▰▰

La petite fille aux allumettes, Andersen/Lemoine
Les boîtes de peinture, Aymé/Sabatier
Le chien, Aymé/Sabatier
La patte du chat, Aymé/Sabatier
Le problème, Aymé/Sabatier
Les vaches, Aymé / Sabatier
La Belle et la Bête, de Beaumont/Glasauer
Clément aplati, Brown/Ross
Le doigt magique, Dahl/Galeron
Il était une fois deux oursons, Johansen/Bhend
Dictionnaire des mots tordus, Pef
Les belles Lisses Poires de France, Pef
Les inséparables, Ross/Hafner
Du commerce de la souris, Serres/Lapointe
Le petit humain, Serres/Tonnac

série rouge ▰▰▰▰▰▰▰

Le cheval en pantalon, Ahlberg
Histoire d'un souricureuil, Allan/Blake
Le rossignol de l'empereur..., Andersen/Lemoine
Grabuge et..., de Brissac/Lapointe
Le port englouti, Cassabois/Boucher
Fantastique Maître Renard, Dahl/Ross
Thomas et l'infini, Déon/Delessert
Rose Blanche, Gallaz/Innocenti
Le poney dans la neige, Gardam/Geldart
L'homme qui plantait..., Giono/Glasauer
Les sorcières, Hawkins
Voyage au pays des arbres, Le Clézio/Galeron
L'enlèvement de la bibliothécaire, Mahy/Blake
Pierrot ou les secrets..., Tournier/Bour
Barbedor, Tournier/Lemoine
Comment Wang- Fô fut sauvé, Yourcenar/Lemoine